Anna
Stefans Vater
Ratte

Dieses Buch gehört:

____

Heiko Wolz

Drachenrache – bis zum Ende!

Mit Illustrationen von André Sedlaczek

CARLSEN

Die Erklärungen zu den farbigen Begriffen findest du in deinem eigenen Wörterbuch auf Seite 75.

Wenn du das Buch ganz gelesen hast, bekommst du am Ende eine tolle Urkunde!

Mit Fragen zur Produktsicherheit wenden Sie sich bitte an: carlsen.de/kontakt

FSC www.fsc.org MIX Papier | Fördert gute Waldnutzung FSC® C022120

PRODUZIERT MIT VERANTWORTUNG

Völckersstraße 14–20, 22765 Hamburg
ISBN 978-3-551-06846-0

Umschlag- und Innenillustrationen: André Sedlaczek
Lektorat: Constanze Steindamm
Layout und Satz: Karin Kröll
Lithografie: ReproTechnik Fromme, Hamburg

Newsletter mit tollen Lesetipps kostenlos per E-Mail: carlsen.de

INHALT

KAPITEL 1	Das ist das Ende!	8
KAPITEL 2	Such, du Auge!	14
KAPITEL 3	Fette Beute in der Festung	20
KAPITEL 4	Attacke der Silberfische!	24
KAPITEL 5	Reif für die Insel	31
KAPITEL 6	Drachenatem stinkt – und brennt!	35
KAPITEL 7	Mach einen Abflug, Enderdrache!	42
KAPITEL 8	Wer hat eine Idee?	46
KAPITEL 9	Husch, husch, ins Bettchen!	50
KAPITEL 10	Ei, was ist denn da?	54
KAPITEL 11	Drachenrache – bis zum Ende?	59
KAPITEL 12	Ein kleiner Klaps auf den ...	65
KAPITEL 13	Kuchen für die Abenteurer	69
ANHANG	Deine Lese-Urkunde	73
	Dein Mini-Wörterbuch	75
	Faltanleitung	77

KAPITEL 1

Das ist das Ende!

„Wenn ihr nicht mitkommt, dann gehe ich allein.“ Stefan sah seine Freunde Anna und Brokkoli entschlossen an.
Zu dritt saßen sie am Tisch in der Kammer der Schule.
Hier hatten sie sich ihren Treffpunkt eingerichtet.
Mit dem grünköpfigen Zombie hatten Stefan und Anna inzwischen schon einige Abenteuer erlebt.

Und erst vor wenigen Tagen hatte Stefan erfahren, dass seine Mutter eine **Spielerin** gewesen war.

Spieler unterschieden sich von den Bewohnern des Dorfes, in dem Stefan lebte.
Sie suchten das Abenteuer.
Genau wie Stefan.

Die gefährlichsten Abenteuer warteten im **Ende**. Das wusste Stefan aus den verbotenen Büchern in der Bibliothek seines Vaters. Viele Spieler machten sich auf den Weg ins Ende. Vielleicht auch Stefans Mutter? Verstanden seine Freunde nicht, dass er sie suchen musste? Brokkoli wischte sich Kuchenkrümel aus dem Gesicht.

Er biss zwar keine Dorfbewohner,
war aber verrückt nach Süßem.
„Ende nicht gut“, murmelte er.
„Da sehr gefährlich.“
„Stimmt!“, pflichtete Anna ihm bei.
Sie schüttelte sich.
„Was, wenn du dem **Enderdrachen** begegnest?
Du kannst nicht jedes
Boss-Monster besiegen.“

Das sah Stefan anders.
Aber er beruhigte sie.
„Der Eidechse gehe ich aus dem Weg.
Oder wir.
Versprochen.
Also, seid ihr dabei
oder nicht?“
Anna und Brokkoli
schauten sich an –
und lachten.

„Natürlich sind wir dabei!“, sagte Anna.
„Wir lassen dich doch nicht im Stich.“
Sie wurde wieder ernst.
„Aber wie kommen wir überhaupt ins Ende?“
Stefan grinste.
Die Antwort würde sie verwirren.
Erst morgen würden Anna und
Brokkoli sie verstehen.
„Da habe ich schon ein Auge
drauf geworfen“,
antwortete er
geheimnisvoll.

KAPITEL 2

Such, du Auge!

Anna verschränkte die Arme.
„Wir sollen eine Festung suchen?
Das kann ewig dauern, Stefan!“
„Nicht mit dem hier!“
Stefan zog ein Enderauge aus seinem **Inventar**.
Er hatte etliche davon in dem Haus gefunden,
auf das Anna, Brokkoli und er
bei ihrem letzten Abenteuer
gestoßen waren.

Er warf es in die Luft.
Sofort zischte es davon.
„Hinterher!“, rief er.
„Es führt uns zu einer Festung.
Dort finden wir ein Portal,
das uns ins Ende bringt.“
Ein Stück entfernt sank das Auge zu Boden.
Stefan schleuderte es erneut und
es schoss los.

Die Freunde folgten ihm durch die Berge
südlich des Dorfs.
Sie landeten in einer flachen Ebene.
Weit und breit war nichts als Gras zu sehen.
Anna seufzte.
„Das war es wohl. Keine Festung.“

Hatte sie recht?

Sollten sie umkehren?

Aber ein letzter Versuch schadete nicht, oder?

Stefan warf das Ding mit aller Kraft.

„SUCH, DU AUGE!“

Statt aufzusteigen,
sauste es nach unten.
„Auweia“, jammerte Brokkoli. „Auge kaputt.“
Stefan lachte.
„Es ist nicht kaputt. Da ist die Festung!“
Anna schaute ihn ungläubig an.
„*In* der Erde? Und wie kommen wir dann rein?“

Stefan kramte in seinem Inventar.

Er reichte Brokkoli eine Spitzhacke.

Leider war sie nur aus Holz.

Aber das musste genügen.

Für sich und Anna holte er eine Schaufel heraus.

Er drückte sie zunächst Anna in die Hand.

„Na, dreimal darfst du raten.“

KAPITEL 3

Fette Beute in der Festung

Schnell legten sie den Eingang frei.
In der Festung stießen sie
auf leere Gänge und Kammern.
Aber nirgends war eine Spur des Portals!
Stefan bog in einen weiteren Gang und ...
Heiliges Hühnerei!
Wenige **Blöcke** vor ihm
thronte eine Truhe
auf einem Podest.

Das war zwar kein Portal, aber immerhin etwas.
In Truhen steckten oft nützliche Sachen.
„Kommt her!", rief er Anna und Brokkoli zu sich.
Seine Freunde eilten zu ihm.
Stefan durchstöberte den Inhalt.
„Ein Apfel. Ein Eisenbarren.
Und eine Enderperle!"

Im Schein der Fackeln und Kürbislaternen schimmerte sie türkis.
Enderperlen waren nicht nur hübsch, sie hatten auch eine besondere Eigenschaft.
Zumindest stand das in den verbotenen Büchern.
Man konnte sie wie die Augen werfen.
Wenn sie aufschlugen, dann …
„FREUNDE!“, brüllte Brokkoli aus einem Raum rechts.
Stefan hatte gar nicht bemerkt, dass Brokkoli da hineingegangen war.
Wahrscheinlich war er wieder auf der Suche nach etwas Süßem.

„HELFEN, SCHNELL!“

Stefan lief es eiskalt den Rücken hinunter.

Anna schien es ähnlich zu gehen.

Sie sah Stefan mit großen Augen an.

So aufgeregt hatte der Zombie

noch nie geklungen.

Und von wem kam das wütende Zischen,

das noch aus der Kammer drang?

KAPITEL 4

Attacke der Silberfische!

Heiliges Karottenfeld!

Hieb Brokkoli mit einem vergammelten Lachs auf einen **Silberfisch** ein?

Der Zombie benutzte echt verrückte Sachen!

„Nicht hauen!“, warnte Stefan.

Aber Brokkoli schlug nach einem weiteren Fisch, der aus dem **Monsterspawner** schlüpfte.

Er verfehlte ihn.

Trotzdem zeigte der Angriff Wirkung.

Leider keine gute: Noch mehr Fische kamen ihren Kameraden zu Hilfe! Sie hüpften aus dem Spawner und krochen sogar aus den Wänden!

Eigentlich waren Silberfische harmlos.
Sie fügten einem nur dann Schaden zu,
wenn sie in die Höhe hüpften oder man selbst
mit einem Sprung vor ihnen floh.
Aber nervig waren sie!
Sie schoben Stefan, Brokkoli und
Anna quer durch den Raum –
direkt auf ein Lavabecken zu!
Stefan schluckte.
So ungefährlich waren sie also doch nicht!

Aber hinter der blubbernden Lava
stand noch etwas.
Wieso hatte Stefan das bisher übersehen?
Sein Herz klopfte vor Aufregung.
„Hör auf, die Fische zu hauen!“,
rief er Brokkoli zu.
„Lass dich von ihnen zu mir drängen.
Du auch, Anna.
Wir müssen dort rüber.
Da ist das Portal!“

Stück für Stück näherten sie sich ihm.
Sie mussten nur aufpassen, dabei nicht
in die blubbernde Lava zu fallen.
So heiß badete nicht einmal Stefan gern!
„Jetzt oder nie!“
Mit einem Tritt katapultierte er
zwei Fische zur Seite.
Der Weg war frei.

Er musste nur noch ein paar Enderaugen
in den Rahmen des Portals einsetzen.
So aktivierte man es.
Er legte los und ...
Verflixt – das letzte klemmte!
„Gleich ertrinken wir in Silberfischen!“,
stöhnte Anna.

Stefan rann der Schweiß von der Stirn. „Ich beeile mich ja schon!“, erwiderte er. Er drückte das Auge noch einmal in den Rahmen und … „Ich hab’s!“ Das Portal erwachte zum Leben. Der Durchgang baute sich auf. Stefan hatte ein flaues Gefühl im Magen. Gegen eine Reise ins Ende waren ihre bisherigen Abenteuer Kinderkram gewesen. Aber er durfte sich nichts anmerken lassen. Er nahm Anna und Brokkoli an der Hand. Gemeinsam betraten sie die glänzend schwarze Oberfläche.

KAPITEL 5

Reif für die Insel

„Dunkelmänner!“

Brokkoli duckte sich hinter einen Felsen.

Was er nicht sagte!

Die **Endermen** hätte Stefan auch so erkannt.

Mit ihren langen dünnen Armen und Beinen sahen sie noch unheimlicher aus als auf den Bildern in den Büchern.

Ihre Augen waren violett leuchtende Schlitze.

Sie wankten herum und stellten Blöcke von hier nach dort und zurück.

Auf der Hauptinsel des Endes gab es
wohl nichts Besseres zu tun.
Sie bestand nur aus Stein.
Keine Pflanze wuchs auf ihr.
Außerdem schwebte sie im Meer der Leere.
Erst in tausend Blöcken Entfernung existierten
weitere Inseln.
„Umkehren“, grummelte Brokkoli.
„Nach Hause, Kuchen essen.“
Stefan schüttelte den Kopf.

Auf die Endermen hatte er sich vorbereitet.
Er holte zwei Blöcke Schnee aus dem Inventar.
Die hatte er gestern noch aus der Tundra
nördlich des Dorfs geholt.
Zum Glück hatte die Hitze des Lavabeckens
in der Festung ihnen nicht geschadet.
Stefan stapelte sie aufeinander.
Anna schüttelte empört den Kopf.
„Du baust *jetzt* einen Schneemann?
Willst du vielleicht auch noch Schlitten fahren?“

„Warte doch ab“, antwortete Stefan.
Er setzte einen geschnitzten Kürbis
auf die Blöcke.
Sofort verwandelte sich das Gebilde
in einen **Golem**.
„Er hält die Dunkelmänner auf Trab“,
erklärte Stefan. „Dann schleichen wir vorbei.“
Er zeigte dem Golem die Endermen.
Der Golem schüttelte sich entrüstet.
ZACK!, warf er einen Schneeball in ihre Richtung.
Er verfehlte die Mobs weit.
Aber sie wichen erschrocken zurück.
Schnee bestand aus Wasser.
Das konnten Endermen nicht leiden!
Schon flog der nächste Schneeball.
Stefan sprang hinter dem Felsen hervor
und zog Anna und Brokkoli mit sich.

KAPITEL 6

Drachenatem stinkt – und brennt!

Nur einige Blöcke entfernt stießen sie auf einen Ring aus Säulen.
Auf ihren Spitzen glitzerten Kristalle.
In der Mitte befand sich ein weiteres Portal.
„Es führt zurück in die Oberwelt“, wusste Stefan.
Doch man musste den Durchgang aktivieren.
Heiliger Kürbiskuchen!
Knapp daneben stand auch eine Truhe!
Ein Spieler musste sie dort deponiert haben.
Oder eine Spielerin.
Stefans Mutter?

Stefan wollte hinüberlaufen.
Aber Brokkoli riss ihn nach hinten.
„Guck hoch!“, brummte er.
Stefan sah in den schwarzen Himmel hinauf.
Machte Brokkoli sich wegen des kleinen Vogels
da oben ins Gemüse?
Moment mal! Das war kein Vogel!
Es war der Enderdrache!
Er wurde rasend schnell größer.
Mit seinen Schwingen pflügte er auf Stefan,
Brokkoli und Anna zu!

Er öffnete das Maul und atmete aus.

Stefan rümpfte die Flachnase.

Das roch ja schlimmer als Brokkolis

vergammelter Lachs!

Und es war heißer als jeder Lavafluss!

„Wir müssen zum Portal“, rief Anna.
Stefan zögerte.
Zu gern würde er in die Truhe schauen.
Aber er hatte versprochen, dass sie der Eidechse aus dem Weg gingen.
Zumindest heute.
Stefan würde sich einen Plan überlegen und dann zurückkehren.
Sie eilten zum Portal.

Stefan setzte die Enderaugen ein.
Nichts geschah.
„Stefan“, drängte Anna. „Schneller!“
„Der Drache, ich weiß“, antwortete Stefan.
„Der Drache, ja. Und die Endermen!“
Anna wies auf den Golem.
Himmel, der Schneemann schwitzte ja,
als stünde er in der Wüste!
Der heiße Drachenatem ließ ihn schmelzen!

Die Dunkelmänner warteten nur darauf, dass er zusammenbrach.
Dann würden sie über Stefan, Anna und Brokkoli herfallen.
Stefan dachte nach: Was hatte in den Büchern über die Flucht aus dem Ende gestanden?
Er schluckte.
Wie hatte er das vergessen können?

„Wir müssen eine Kleinigkeit erledigen“, sagte er mit zittriger Stimme.

Hoffentlich wurden seine Freunde nicht sauer.

„Dann los“, sagte Anna.

Mit bangem Blick sah sie zu den Endermen.

Brokkoli behielt den Drachen im Blick.

Genau um den ging es.

Stefan deutete hinauf.

„Um nach Hause zu kommen, müssen wir den Drachen besiegen. Erst dann öffnet sich das Portal.“

KAPITEL 7

Mach einen Abflug, Enderdrache!

Stefan schoss den ersten Pfeil ab.
Seinen Bogen hatte er wie immer
im Inventar mitgeführt.
Dort wartete auch die diamantene Rüstung
auf einen möglichen Einsatz.
Der Drache wich aus.
„Jetzt!“, rief Stefan.
Anna hockte eine Säule weiter
und spannte ihren Bogen.
Der Pfeil surrte los – und pikste
das Flattervieh in die linke Pobacke!
Vor Wut brüllend fuhr der Drache herum.

Stefan konnte in aller Ruhe zielen und ... Treffer!

Sein Pfeil blieb in der rechten Pobacke stecken.

Der Drache stieg nach oben.

Er näherte sich einem Kristall auf einer Säule.

Der Kristall leuchtete auf.

Das hatte Stefan erwartet.

Die Kristalle heilten den Drachen,

wenn er verletzt war.

Aber wenn man sie dabei zerstörte,

fügten sie ihm Schaden zu.

„Brokkoli, du bist dran!“,
gab Stefan das Kommando.
Brokkoli schleuderte etwas auf den Kristall,
das verdächtig nach einer angebissenen
Fleischkeule aussah.
Mit einem satten Klatschen schlug
das Geschoss ein.
Der Drache brüllte überrascht auf –
und machte einen Abflug!
Stefan kam hinter der Deckung hervor.
Sie hatten gewonnen.
Das war einfacher gewesen als gedacht.
Anna hätte sich gar keine Sorgen machen müssen.
Sie rannte mit Brokkoli herbei.
Aber warum blieben die beiden
plötzlich stehen?

„Hinter dir!“, schrie Anna.

Stefan drehte sich um.

Der Drache schoss im Sturzflug auf ihn zu.

Er rammte ihn mit voller Wucht.

Stefan wirbelte durch die Luft.

Heilige Karottensuppe!

Die blöde Eidechse hatte ihn

von der Insel geschleudert!

Stefan stürzte ins Meer der Leere!

Er musste handeln.

Schnell.

Sonst war er verloren.

KAPITEL 8

Wer hat eine Idee?

Panisch kramte Stefan in seinem Inventar.

Seine Finger fanden ein rundes Ding.

Mit aller Kraft warf er es nach oben.

Es verschwand über dem Rand der Insel.

Aber stimmte es, dass Enderperlen den Werfer dorthin brachten, wo sie aufschlugen?

Zumindest in den verbotenen Büchern stand …

Heilige Kuchengabel!

Was war das dann?

Gerade war Stefan noch durch die unendliche Leere gefallen.

Jetzt lag er auf der Insel.

Es hatte geklappt!

„Stefan!“

Anna fiel ihm um den Hals.

Stefan wurde rot wie

ein Lavasee!

Zum Glück war es

im Ende ziemlich

dunkel.

„Äh, Freunde?“

Brokkoli tippte sie an. „Drache kommt.“

Stefan und Anna zückten ihre Bögen.

Aber das Flattervieh hatte dazugelernt.

Es blieb außer Reichweite.

Dafür spie es stinkenden Atem.

Diese Hitze hielt der Golem
nicht mehr lange durch.
In wenigen Minuten hatten
die Endermen freie Bahn!
„Ich will ja nicht drängeln“, mahnte Anna.
„Aber wer hat eine Idee?“
Fieberhaft dachte Stefan nach.
Der direkte Kampf schied aus.
Ihm musste etwas ganz Neues einfallen.
Einen Gedanken hatte er.
Aber der klang selbst für ihn
echt abenteuerlich.
Leider war es ihre
einzige Möglichkeit.

Erneut öffnete Stefan sein Inventar.

Er holte einige Bretter Holz heraus.

„Hast du Wolle dabei?“, fragte er Anna.

Anna sah ihn verwirrt an.

„Wofür brauchst du die denn?“

„Ich baue mir ein Bett und lege mich schlafen.“

KAPITEL 9

Husch, husch, ins Bettchen!

„Uuuaaahhh!“

Stefan gähnte so laut wie möglich.

Er reckte und streckte sich.

Das war schwierig in der diamantenen Rüstung,

die er angelegt hatte.

Aber er musste so tun, als wäre er müde.

Er lauschte.

Und schluckte.

Der Drache war im Anflug!

Das Rauschen der Flügel

war unverkennbar.

Die Eidechse glaubte wohl,

Stefan endgültig von der Insel

schubsen zu können!

Stefan wäre gern wie Anna und Brokkoli

in Deckung gegangen.

Aber der Plan sah anders aus.

Stefan musste warten.

Bis zum letzten Moment.

Ein Schauer kroch ihm über den Rücken.

Erinnerte er sich diesmal richtig?

Hatte er wirklich gelesen,

dass Betten es nicht mochten,

wenn man sich im Nether oder Ende

in sie legte?

Angeblich explodierten ...

Heiliger Tintenfisch!

Verfügte die Rüstung über den nötigen Schutz?

Stefan wollte nachsehen.

Aber es war zu spät.

Der Drache war da!

Stefan roch seinen fauligen Atem

direkt hinter sich.

Stefan schlug die Decke aus Wolle zur Seite.

Er hockte sich auf die Kante des Betts.

Er schwang ein Bein nach oben und ...

KAPITEL 10

Ei, was ist denn da?

WUMMS!

Das Bett zersprang in tausend Teile.

Holz und Wolle flogen Stefan um die Ohren.

Feuer hüllte ihn ein.

Aber die Rüstung hielt!

Brennende Bretter krachten auf den Boden rings um Stefan.

Einige Blöcke gingen in Flammen auf und flackerten vor sich hin.

Und der Drache?

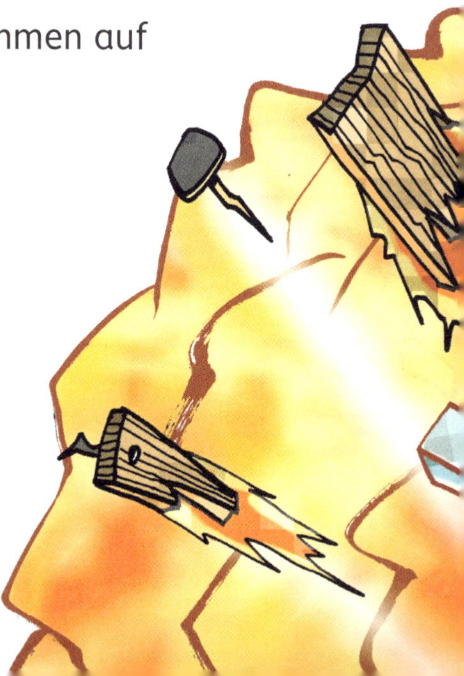

Stefan blickte sich nach ihm um.

Er war fort!

Dort, wo das Flattervieh gerade noch das Maul aufgerissen hatte, leuchteten lila Strahlen.

Sie verblassten.

Stefan atmete erleichtert durch.

Sein verrückter Plan war aufgegangen.

Dem Himmel sei Dank!

„GESCHAFFT!“, rief auch Brokkoli.

56 Er sprang mit Anna hinter der Säule hervor.

„Bett. Wumms. Drache weg und …!“

Sein Mund klappte auf.

Auf der Säule über dem Portal

droppte ein Drachenei.

Monster hinterließen echt tolle Sachen,

wenn sie sich auflösten!

Neben Stefan lachte Anna.

„Brokkoli malt sich wohl aus,

wie groß der Kuchen wird,

den er aus dem Ding

craften kann.“

Auch Stefan grinste.
Hatte Brokkoli denn keine Belohnung
für das überstandene Abenteuer verdient?
Allerdings waren sie nicht ganz gerettet.
Das explodierende Bett hatte es
noch heißer werden lassen.
Der Schneegolem tropfte vor sich hin.
Der geschnitzte Kürbis rutschte
bedrohlich zur Seite.
Aber noch war etwas Zeit.

Stefan zog Anna zur Truhe.

Er ließ sich auf die Knie fallen und öffnete sie.

„D… d… Das sind …“, stammelte er begeistert.

Er wollte Anna seine Entdeckung zeigen.

Da meldete Brokkoli sich vom

jetzt aktiven Portal.

„OH, OH! NICHT GUT!“

KAPITEL 11

Drachenrache – bis zum Ende?

Das Drachenei lag vor Brokkoli
auf dem Boden.
Und wackelte.
In der Schale erschien ein Riss.
Brokkoli blickte entschuldigend
zu Stefan und Anna.
„Hab Ei nur gehalten."
„Wahrscheinlich so fest,
dass du es ausgebrütet hast!",
überlegte Anna laut.
Die Schale knackste erneut.
Das Auge eines Baby-Drachen
tauchte im Riss auf.

Das Ei zersprang in zwei Hälften. „Der Kleine sieht aus wie der andere“, stellte Anna fest. Ganz stimmte das nicht. Jetzt war er noch kleiner als die erste Eidechse. Aber er wuchs schon beim Zusehen! Innerhalb weniger Sekunden war er so groß wie Brokkoli. Er kehrte Stefan und Anna den Rücken zu und näherte sich dem Zombie. Heiliger Eiersalat!

Verstand nur Stefan, was hier vor sich ging?

Es war kein anderer Drache.

Es war das erste Flattervieh.

Neu geboren!

Stefan deutete auf die rechte Pobacke.

Dort steckte sein Pfeil.

„Wie ... wie ist das möglich?“, stotterte Anna.

Stefan hatte keine Ahnung.

Aber sie mussten etwas unternehmen,

um Brokkoli zu retten!

Der Drache nahm ihm wohl
die angebissene Fleischkeule übel,
mit der er den Kristall zerstört hatte!
Gleich gab es Drachenrache.
Hoffentlich nicht bis zu Brokkolis
und ihrem Ende!
„Hast du etwas in deinem Inventar,
das uns hilft?“, fragte Anna.
Stefan schüttelte den Kopf.
Er hatte alles aufgebraucht.
Der Drache würde sich Brokkoli vorknöpfen.
Dann würde er in die Luft steigen und
seinen heißen Atem einsetzen.
Anna hatte recht gehabt.
Irgendwann war ihr Glück im Kampf
gegen Monster einfach
aufgebraucht.

„Wir sind verloren“, flüsterte Stefan.

Er senkte den Kopf.

Sein Blick fiel in die Truhe.

Dann machte sein Herz einen Sprung.

Natürlich!

Da lag die Lösung!

Stefan hob die **Elytren** aus der Kiste, die er dort entdeckt hatte.

Elytren waren magische Flügel.

Angeblich erhoben sich Spieler damit in die Lüfte und erkundeten ferne Welten.

Aber würden sie Stefan gehorchen?

„Finden wir es heraus“, sagte er zu sich selbst und streifte sie über.

„Mach die Eidechse fertig!“, feuerte Anna ihn an.

Wieder schüttelte Stefan den Kopf.

Er hatte nicht vor, gegen den Drachen anzutreten.

Das konnte nicht gut ausgehen!

Er hatte eine andere Idee.

KAPITEL 12

Ein kleiner Klaps auf den ...

Anna klammerte sich an Stefans Hand.
„Lass mich bloß nicht fallen!“
Das hatte er nicht vor.
Allerdings hatte er heute Morgen
auch nicht vorgehabt,
mit Elytren durch das Ende zu segeln!
Er umkurvte eine Säule.
Langsam hatte er den Dreh heraus!
Er ging tiefer.
Der Drache durfte ihn
nicht bemerken.
Noch nicht.

Das Flattervieh
trieb Brokkoli vor sich her.
„Sieh nur!“, rief Anna und
wies nach hinten.
Der Schneegolem sank in sich zusammen.
Die Endermen stürmten los.
Jetzt wurde es wirklich eng!
Stefan schlug schneller
mit den Flügeln.
Er sauste auf den Drachen zu.
Der streckte ihm den dicken
Drachenpo entgegen.

Stefan hob die Hand –
und klatschte ihm aufs Hinterteil.
Direkt neben Stefans Pfeil.
Der Drache sprang in die Höhe,
als hätte ihn ein zweiter erwischt!
Stefan zischte zwischen seinen Beinen hindurch.
„BROKKOLI!“, rief er und
streckte die freie Hand aus.
Der Zombie ergriff sie.
Stefan schlug mit den Elytren.
Aber Brokkoli und Anna waren
zu schwer für ihn!
Zu dritt glitten sie nur knapp
über dem Boden dahin.
Und die Endermen kamen immer näher!

Stefan starrte stur nach vorn.
Sie mussten ihr Ziel erreichen.
Die Endermen griffen nach Annas
und Brokkolis Beinen.
„FINGER WEG!“, brüllte Brokkoli.
Ein Schatten sauste über Stefan hinweg.
Auch das noch!
Der Drache hatte sich vom Schrecken erholt
und setzte erneut zum Angriff an!
Waren sie nahe genug?
Stefan hoffte es.
Er legte die Flügel an
und ließ sich fallen.
Direkt auf die glänzende
Oberfläche des Portals zu.

KAPITEL 13

Kuchen für die Abenteurer

„Ich sehe das Dorf!"

Stefan sank tiefer und landete bei seinen Freunden.
Zu dritt kämpften sie sich weiter
durch den dichten Wald, in den das Portal
sie teleportiert hatte.
Stefan dachte über die Elytren nach.
Man fand sie auf den äußeren Inseln des Endes,
wo Enderschiffe im Meer der Leere schwebten.
Dort bewachten schreckliche Mobs die Flügel.
Ein Spieler musste sie erobert haben.
Oder eine Spielerin.

Dann hatte er oder sie die Flügel
in der Truhe zurückgelassen.
Hatte Stefan sie vielleicht sogar finden sollen?
„Gleich morgen gehe ich wieder in die Luft“,
sagte er laut.
„Und suche nach meiner Mutter.“
Anna und Brokkoli sahen sich an – und lachten.
Was war denn so lustig?

„Du kannst gern in die Luft gehen“,
klärte Anna ihn auf.
„Solange es nicht mit einem
explodierenden Bett ist!“
Auch Stefan lachte.
Anna hatte recht.
Dieses Abenteuer war ziemlich
verrückt gewesen!
Wer brauchte schon Pfeil und Bogen,
wenn er ein Bett im Gepäck hatte?

Nur Brokkoli sah unzufrieden aus.
Er trauerte dem Drachenei nach.
Stefan legte seinem Freund den Arm
um die Schulter.
„Was meinst du?“, fragte er.
„Sollen wir bei den Hühnern vorbeischauen
und ein paar Eier holen?
Milch haben wir noch zu Hause.
Und Anna kann Zucker und Mehl besorgen.
Nach der Aufregung haben wir uns
einen Kuchen verdient, oder?“

Hurra! Du hast es geschafft!

HERZLICHEN GLÜCKWUNSCH!

URKUNDE

____

(Name)

hat das spannende Buch

Drachenrache – bis zum Ende!

von der ersten bis zur letzten Seite gelesen.

________________ (Datum)

________________________ (Unterschrift)

CARLSEN

Seite hier heraustrennen

Drachenrache – bis zum Ende!

Mini-Wörterbuch

CARLSEN

Blöcke:
Fast die gesamte Welt von Stefan und Anna besteht aus Blöcken.

Craften:
Als Crafting bezeichnet man die Herstellung von Dingen.

Droppen:
→ **Spieler** ode Kreaturen können Gegenstände fallen lassen. Diese schweben dann

als Drop zum Einsammeln über dem Boden.

Elytren:
Sie sind selten und wertvoll. Mit diesem Paar Flügel kannst du wie ein Vogel gleiten. Sie funktionieren sogar unter Wasser!

Ende:
Jede Welt bei Stefan und Anna besteht aus drei Ebenen: der Oberwelt, dem Nether und dem Ende.

Enderdrache:
Dieser Drache lebt im → **Ende**. Er ist eins der gefährlichsten Monster!

Enderman / Endermen:
Im → **Ende** triffst du auf die Endermen. Schau sie nicht direkt an, sonst werden sie aggressiv!

Golem:
Golems aus Eisen oder Schnee schützen Bewohner und deren Dörfer vor bösen Kreaturen.

Inventar:
Das Inventar ist eine unsichtbare Tasche. Darin verstaust du Nahrung oder Werkzeuge.

Monsterspawner:
Wenn ein → **Spieler** oder eine Kreatur erscheint, nennt man das spawnen. Böse Kreaturen wie → **Silberfische** oder Spinnen schlüpfen oft aus Monsterspawnern.

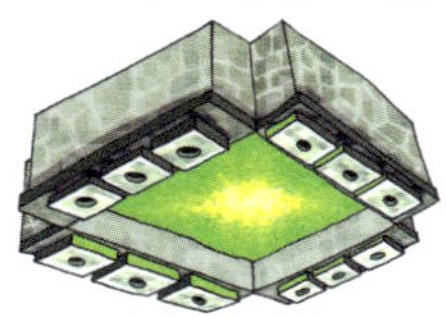

Portal:
Ein Portal ist ein Durchgang von einer Ebene in die andere, also von der Oberwelt in den Nether oder das → **Ende**.

Silberfisch:
Ein Silberfisch ist ein lästiges Monster, das in Festungen

oder Bergen aus → **Monsterspawnern** oder befallenen Steinen erscheint.

Spieler/Spielerin:
Neben Monstern, Tieren, → **Golems** und Dorfbewohnern gibt es noch Spieler und Spielerinnen.

Seite hier heraustrennen

Seite hier heraustrennen

Bastle dir dein Mini-Wörterbuch!
So geht's:

1

2
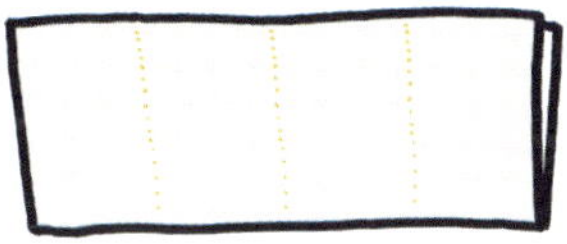

3
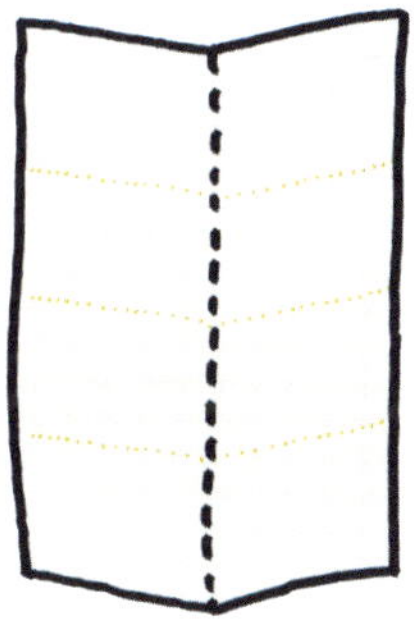

4

5
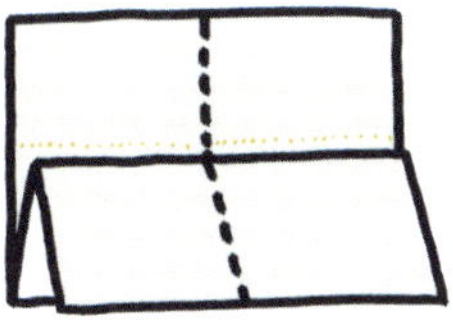

6
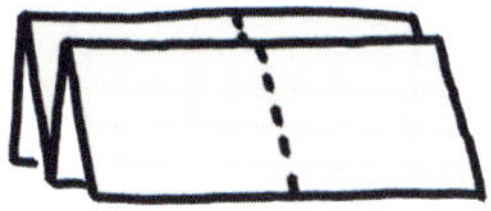

7

8

9

10

11

Stefan
Brokkoli